AF357122

CRVEL
ASSASSINAT

COMMIS EN LA PERSONNE
de Monſieur le Marquis de la Ma-
conniere, de ſa femme & famille.

Par des gens maſquez & inconnus,
en leur Chaſteau de Boiſcourt au
bas Poiƈou.

Le premier Dimanche de Careſme 1622.

Enſemble la punition qui a eſté faiƈte des Meurtriers,
par la populace du pays.

Le tout extraiƈt du proces verbal faiƈt par
les Iuges des lieux.

A PARIS,

Suyuant les memoires Imprimez à Poiƈtiers.

M. DC. XXII.

CRVEL ASSASINAT

*commis en la perfonne de Mon-
fieur le Marquis de la Macon-
niere, de fa femme , & Famille,
en leur Chafteau de Boifrecour
en bas Poictou.*

E fieur Mar-
quis de la Ma-
cóniere hom-
me aagé de
cinquante ans
& plus, que les
incommoditez ou indifpofitiós
corporelles obligeoiét a garder
la chambre & ne quitter fa mai-
fon de loin , s'eftant vn peu au-

A ij

parauant la feste de Noël dernier
retiré auec sa famille en vn sien
Chasteau nommé Boisrecourt
au bas Poictou, pour y passer le
temps & s'ejourner jusques au
mois de May selon sa coustume,
le lieu estant assez commode
pour cete saison, y ayant bois en
quantité, bonnechasse, auec trois
beaux grands estangs.

Depuis son arriuée en ce Chasteau iusques au premier Dimá-
che de Caresme l'õ n'auoit par-
lé que deioye & passer le temps
joyeusement auec les Gentilhommes d'alentour, aux Rois &
iours gras s'entreconuiás les vns
chez les autres : & sur tour l'on
s'estimoit fort heureux de la có-
pagnie dudit sieur de la Marcon-

niere, pour ce qu'il eſtoit hom-
me de grand iugement & qui
ſçauoit beaucoup de choſes, de
ſorte que ſa compagnie valoit
vne bonne Eſcolle.

L'on a remarqué tant de pieté en cette famille, & le bruit
commun eſt tel en tout le quar-
tier qu'ils faiſoient de grandes
charitez & aumoſnes, qu'ils dó-
noient tous les iours du pain à
plus de 40. ou 50. pauures, &
deux fois la ſepmaine ſçauoir le
Dimanche & le Mercredy leur
diſtribuoient des poix & des
febues cuittes : qu'ils viſitoient
les pauures malades & les aſſi-
ſtoiét de toutes choſes neceſſai-
res.

Ils aymoient tant leurs ſub-

jeⒸs que s'ils ſçauoiĕt qu'ils fuſ-
ſent en quelque diſcord ou diſ-
ſenſion ils les mandoient querir
& eſtant deuant eux ils les inter-
rogeoient ſur le differend qu'ils
auoient enſemble, & auec belles
remonſtrancesles vniſſoient enſemble par la paix, les faiſoient
boire & manger en leur table
tous enſemble: ce qui leurs attri-
bua auec le temps les noms de
pere & mere du pays au regard
de leurs ſujeⒸs.

Mais comme Satan, ennemy
capital du genre humain, & ſur
tout de ſi belles ames (eſclairãtes
lumieres de bonnes œuures)
n'eſpargne ſes artifices & ſes
moyens extraordinaires pour les
amortir & faire perdre, ſuſcite

leurs enfans seruiteurs & seruan-
tes (hors mis vne) deuant, char-
gez de viures pour porter en la
maison du Curé afin de n'auoir
suject de reuenir qu'au soir &
ne perdre le seruice de l'Eglise.

Les enfans & seruiteurs ne furent pas plustost sortis & en che-
min, qu'il sortit de ce bois vne
troupe de gens masquez en nó-
bre de 40. ou enuiron couuerts
de hongrelines de toille sur leur
habits assez bien mótez, chacun
auoit le pistolet & la carabine, le
chien abbatu 16. entrerent dans
le Chasteau & le reste saisit les
auenuës: ces 16. montent de chá-
bre en chambre sans resistance
trouuent ledit sieur de la Marconniere & sa Dame qui ache-

uoit de s'abiller pour aller à l'E-
glife, fur lefquels fe ruans ils les
poignarderent, vne feruante qui
eftoit demeurée & laquelle en-
maillotoit vn petit enfant, vou-
lant fortir pour crier au fecours
fuft auffi poignardée auec ceft
enfant.

Vn des officiers du Chafteau
par hazard eftoit encore demeu-
ré, lequel ayāt oüy le bruit court
fonner le toxain & s'enferme fi
bien que les meurtriers l'en vou-
lans empefcher ne peurēt quelques efforts qu'ils fiffent, entrer
ny rompre la porte, mais allu-
merent de la paille a la porte
afin de l'eftouffer au dedans, &
pour neant car la fumee au lieu
d'y entrer en fortoit.

B

Au bruit de ce toxain quelques payſans accoururent leſquels furent repouſſez fort rudement par les embuſcades a
coups de Carabins, & tous furẽt
bleſſez, les autres ſe retirans furent aduertir, ceux qui eſtoient
en l'Egliſe pour venir au ſecours,
leſquels ſortent auſſi toſt, preſ-
que tous quittent le Curé, cou-
rent aux armes, & viennent vers
le Chaſteau animez par les ſienrs
de Beaupré & de Marrais gentilhommes voiſins dudit ſieur de
la Marconniere, qui les y condui-
ſerent auſſi, & auec telle diligen-
ce & promptitude qu'ils ne dó-
nerent loiſir, ny tẽps à ces meurtriers de ſe ſauuer, ains ſe iette-
rent ſi rudement ſur eux & ſur

les embuſcades qu'a coup de for-
che de fer, picots, hallebardes &
autres armes ils furent tous def-
faits ſur la placc hors mis deux
bien bleſſez que l'on eſpargna
pour deſcouurir par leur bouche
l'entrepriſe, le deſſein, & quels
gens s'eſtoient, mais ils eſtoient
ſi fort bleſſez qu'ils moururent
dans moins d'vne demye heure
apres ſans pouuoir parler.

On court apres cet echet en la
chambre, on y trouue les corps
morts dudit ſieur de la Marconniere de ſa Dame, & de l'enfant
& de la ſeruante, leſquels eſtoiēt
bruſlez pour eſtre tombez au feu
ce ſpectacle auſſi hydeux qu'e-
ſtrange tire des cœurs des ſpecta-
teurs, tant de larmes & de plain-

tes, que t'el qui s'y est trouué ne
pourra peut estre auoir l'esprit
libre de plus d'vn mois d'icy.
Apres cela on court a celuy qui
sonnoit le toxain, que l'ó trouue
plus mort que vif, & ne veid on
que les gens eussent rompu ny
brisé aucun buffet ny coffre pour
voler & piller dans le Chasteau.

Pendant que l'on fait cette vi-
site par tout arriuerent quelques
Gentilhommes voisins, qui ayát
eu aduis de ce triste accident, y
estoient accourus en grande ha-
ste, lesquels apres beaucoup de
lamentations menterent a che-
ual pour descouurir s'il y auroit
point resté quelqu'vn qui fut de
cette entreprise, mais n'ayant
peu rien découurir retournerent

au chasteau pour donner ordre
a ce qui estoit necessaire soit
pour le fait des obseques & fune-
railles des corps morts, que pour
les autres affaires & feirent retirer
le peuple qui y abordoit de toutes parts.

Ce fut a la departie de ces pauures gens que l'ō veid les tesmoi-
gnages & preuues de la bonne
amitié qu'ils portoient aux def-
functs, car ils se jetterent sur les
corps morts de ces meurtriers &
les deschirerent a coup de cou-
steau & autres instrumés de fer,
auec tant d'inhumanité, que la
rage des loups sur des pauures
brebis ne sçauroit estre plus grā-
de, ils proferoient mille & mille
execrations cependant : & ny

auoit fils de bonne mere ſi leur
ſembloit, qui ne feit gloire d'a-
uoir teſmoigné par telles actiós
le regret qu'il auoit d'vne telle
perte.

Cette hiſtoire a ſemblé bien a
propos deuoir eſtre donnée au
public pour pluſieurs raiſons, la
premiere affin qu'aux bonnes &
loüables mœurs du ſieur & Dame de la Marconniere, vn chacũ
peuſt prendre exemple de mo-
rigener les ſiennes, car veritable-
ment ils ont eſté vn vray miroir
de pieté & de deuotion : leur
charité a eſté auſſi ſi grande que
chacun pourra y apprendre a faire bien aux pauures & les aſſiſter
en leur vrgentes neceſſitez cóme
Dieu & l'Egliſe nous l'enjoignét.

La deuxiefme eft, que les mef-
chants apprendront que Dieu
punit quelque fois pluftoft que
l'on ne croy, & qu'ordinairemét
la punition fuit au pas le delict:
auffi eft il vray que toft ou taid
Dieu punit toutes les mechance-
tez des hommes & rien ne de-
meure impuny deuant fa face:
non pas mefmes les crimes plus
cachez aux yeux des hommes.

La troifiefme eft, que les bós
voifins apprendront commét il
faut fecourir leur prochain non
pas pour le gain & le proufit
qu'ils en doiuent efperer, mais
pour la charité qui eft aujour-
d'huy fi rarement exercée que
l'on verroit fes plus proches lan-
guir & mourir pluftoft que les

fecourir non pas mefmes enco-
res qu'il ny euft point de mal a
encourir & a craindre.

Et finalement les bons Chre-
ftiens y apprendront vn foin
qu'ils doiuent auoir de faire in-
humer & enterer les corps morts,
pour ne demeurer la viande &
la nourriturre des beftes. Le tout
à la gloire de Dieu,

F I N.